VIE

DE

SEMIRAMIS

Par M. Jourdan.

A LONDRES.

M. DCC. XLVIII.

VIE
DE
SEMIRAMIS.

Tous les Historiens conviennent que le plus ancien Empire du monde a été celui des Assiriens. Fondé par Nemrod arriere petit-fils de Noé, il a duré près de 1450. ans depuis son commencement jusqu'à sa destruction sous Sardanapal.

Entre les Princes qui l'ont

A

gouverné pendant une si longue
suite de tems, il n'y en a point
eû qui se soit acquis autant de
gloire que SEMIRAMIS.

Mais lorsqu'on est presque
d'accord sur les Villes qu'elle a
fondées ou embellies, sur les
Nations qu'elle a vaincues, &
enfin sur les circonstances les
plus intéressantes de sa vie, il
est bien singulier que l'on ne
puisse assigner précisément le
tems où elle a regné.

Sans entrer sur cette matiere
dans un long détail de conjec-
tures, on prie le Lecteur de re-
marquer que tout ce que l'Antiquité nous a transmis des ex-
ploits de SEMIRAMIS prouve

qu'elle n'a pas été auffi voifine
des premiers tems que l'ont crû
nos plus favans Chronologiftes,
qui ne la placent guéres que cinquante ans après Nemrod. Il paroît au contraire qu'elle a commencé à regner quelques fiécles
plus tard, c'eft-à-dire, environ
fix cens ans après le déluge
univerfel, ayant fuccedé à un
Prince dont elle étoit devenüe
l'Epoufe, & qui comme la
plupart de fes Prédéceffeurs fe
nommoit Ninus. *

Au refte, on ne prétend pas
que cette Chronologie foit in-
faillible, ni obliger perfonne à

Tems où à regné Semiramis.

* En Egypte, prefque tous les
Rois fe nommoient Pharaon.

A ij

la fuivre. L'hiftoire ancienne eft un cahos couvert de ténébres impénétrables au flambeau de la verité. Il fieroit mal à un aveugle de vouloir forcer d'autres aveugles à le fuivre dans des fentiers qu'il eft abfolument impoffible de bien connoître. **

On a confulté pour ce petit ouvrage [que les circonftances ont fait naître] *** les

** Ceux qui feroient curieux de voir ces matieres bien difcutées peuvent lire M. Prideaux.

Mais furtout les Differtations du Savant M. Freret dans le III. tome des Mémoires de l'Académie des Infcriptions, &c.

*** Semiramis , Tragedie de M. de Voltaire, reprefentée pour la premiere fois le Jeudy 29. Août 1748.

Auteurs les plus dignes de foi, & l'on n'a rapporté aucun fait ou fabuleux ou surnaturel, parce que l'on a eu dessein d'écrire pour des personnes raisonnables.

ATERGATIS, d'une maison illustre de Syrie, étoit Grande-Prêtresse d'un Temple fameux élevé dans la Ville d'Ascalon auprès du lac Marphisie. Devenue éperduement amoureuse d'un beau Syrien, qui apportoit souvent ses offrandes au pied du sanctuaire, elle lui découvrit sa passion, le jeune homme reçut cet aveu avec transport & rempli des plus douces espérances : il eut pour elle cette tendresse vive dont est susceptible un cœur qui aime pour la premiere fois. Atergatis de son côté se livra à sa sensibilité sans réserve. On ne se repenti- roit presque jamais si les égare- mens n'avoient pas des suites fâcheuses ; la Grande Prêtresse devint enceinte , & sentit avec honte & confusion les effets malheureux de sa complaisance. Elle s'abandonna aux idées les plus affreuses , & résolut de ca- cher la foiblesse qu'elle avoit eue

par un crime abominable : elle fit périr celui qu'elle avoit ado- ré , & étant accouchée , elle ex- posa elle même sur un rocher, le trifte fruit de fes amours: entfant alors dans le dernier défefpoir, elle fe précipita dans le lac profond qui étoit voifin de fon Temple. Les Dieux, dit la Fable, la métamorphoferent en poiffon. Dans les fiécles pofterieurs on donna un tour favorable à fon hiftoire, on la fit paffer pour une Divinité, & fous le nom de DERCETO, elle fut adorée dans la Syrie.

L'enfant qui avoit été expofé par Atergatis étoit une fille. Des Bergers la trouverent & la porterent à Simma leur maître, qui avoit l'infpection des troupeaux du Roi. Ils ajouterent qu'ils avoient vu une grande

quantité de colombes autour
d'elle occupées à lui apporter
de la nourriture dans leur bec ,
& à l'échauffer de leurs aîles.
Simma étoit simple, il fut at-
tendri par ce récit , fit condui-
re l'enfant dans sa maison , &
lui donna le nom de Semiramis , qui en langage Syrien
signifie Colombe.

Son Education.
Il l'éleva avec autant d'affec-
tion & de soin que si elle eût
été sa propre fille , & enfin il l'a-
dopta.

Quand Semiramis fut en
âge d'être mariée , elle surpas-
soit en beauté toutes ses com-
pagnes. Un caractere liant , un
esprit vif , un air noble & ma-

jeftueux lui attiroient les re-
gards, elle fembloit née pour
commander aux hommes. Mennon, Chef du Confeil du Roi
Ninus, & Gouverneur de la
Province de Syrie, étant venu
chez Simma, fut frappé des
attraits de Semiramis : politi-
que, il examina à fonds celle
qui l'avoit ainfi enchanté, il
découvrit en elle mille excel-
lentes qualités, mais fûrtout un
génie élevé & capable des plus
grandes chofes. Il la demanda
à Simma en mariage, & l'ob-
tint : il en eut deux fils nom-
més Hypate & Hydafpe. Au
refte Semiramis fe rendit telle-
ment maîtreffe de fon Epoux,

Son Ma-
riage.

qu'il ne faifoit rien fans la con-
fulter, & tout lui réuffiffoit fe-
lon fes défirs.

Cependant Ninus après avoir
fini d'élever la fuperbe Ville de
Ninive, réfolut de continuer
fes anciennes conquêtes, & de
rentrer dans la carriere de la
gloire. Quelques années auparavant il avoit fait d'inutiles ten-
tatives fur la Bactriane ; il prit
alors les méfures néceffaires
pour réuffir. Il leva une armée
de dix-fept cens mille hommes
d'Infanterie, & de deux cens
mille de Cavalerie, & de près
de dix mille Chariots armés de
faulx, * & entra dans la Bactria-

ne. ** Après differens combats & differens succès, il mit en-

* Ce nombre paroîtra extraordinaire à ceux qui n'ont vû que nos armées, mais il fera très-raisonnable pour ceux qui connoissent l'Asie. Car sans parler des armées de Xerces, de Darius, &c. Un peu avant l'arrivée d'Annibal en Italie, les Romains par les dénombremens de leurs troupes trouverent près d'un million de soldats, tant de leurs Sujets que de leurs Alliez : Or toute l'Italie entiere pour le nombre des Habitans n'approche pas d'une seule Province de l'Asie. *Diodor. de Sicile. Liv. 2.*

**. Pays d'Asie, il avoit pour bornes au Couchant la Margianne, l'Oxus au Nord, la Paropamasie au Midi & la Sythie, & les Massagettes à l'Orient. Bactre sa Capitale est aussi appellée Zariaspa. *Strab. Liv. 2. Plin. Liv. 6.*

fin le Siége devant Bactres, Capitale du Pays. Cette Ville étoit bien fortifiée & abondamment pourvuë d'Hommes & de Munitions : Oxiartes Roi des Bactriens s'y étoit renfermé réfolu de la deffendre jufqu'à la derniere extremité ; elle devoit lui fervir de Tombeau.

Le Siége commençoit déjà à trainer en longueur & on auroit été obligé de le lever honteufement, fi Semiramis n'étoit pas venu à l'armée. Mennon qui y avoit fuivi le Roi ne pouvant vivre éloigné de fon époufe, lui écrivit à Ninive de venir le trouver au Camp. Semiramis fentit une joye inexprimable en recevant cet ordre ; il sembloit lui annoncer que l'inſtant étoit venu pour elle de paroître avec éclat. Elle prit un habit de ſon invention, qui n'étant ni celui d'un homme ni celui d'une femme, mais tenant de l'un & de l'autre, garantiſſoit ſon viſage des ardeurs du ſoleil & des injures de l'air, mais laiſſoit à ſes membres une liberté entiere pour toute ſorte d'exercices. Elle arriva bien-tôt à l'armée Aſſyrienne, & fut reçue de ſon époux avec les plus grandes marques de tendreſſe. Il lui communiquât l'inquiétude que cauſoit au Roi & à ſon Conſeil la réſiſtance inatendue des Bactriens.

Arrivée de Semiramis au camp devant Bractre

B

Semiramis étoit pleine d'intelligence ; elle examina l'état du siége & la situation de la place. Elle s'apperçût que les principales attaques se faisoient du côté de la plaine , parce que l'armée pouvoit s'y porter plus aisément & en plus grand nombre , & qu'on négligeoit la citadelle qui étoit sur une hauteur qu'on croyoit inacceffible. Elle obferva auffi que les Affiégez fe fiant fur la situation de l'endroit n'y fefoient pas une garde exacte. Elle communiqua fes découvertes à Mennon, qui en fentit l'importance , & lui donna les moyens d'en tirer avantage. Semiramis prit avec elle des fol-

Elle fur-
prend la Ci-
tadelle de
Bactre.

dats déterminés & accoutumés
à grimper fur les rochers : à la
faveur de la nuit & d'un brouil-
lard épais, par un fentier étroit
& difficile elle parvint jufques
dans la citadelle. Après avoir
égorgé quelques fentinels qui
furent furpris, & avoir mis ordre à tout, elle donna à l'armée
qui étoit dans la plaine le fignal
dont on étoit convenu. Alors
Ninus commenda une attaque
générale. Semiramis du haut de
la citadelle commença à lancer
fur la ville des traits enflammés
& diverfes matiéres combufti-
bles, & à rouler fur les maifons
voifines de groffes pierres, pendant qu'un nouveau renfort ve-

troit à fon fecours par le chemin
qu'elle avoit frayé. Les Bactriens voyant leur citadelle pri-
fe , la confternation s'empara
de leurs efprits , & la confufion
fe mit parmi les foldats. Ninus ,
avec des troupes déterminées ,
efcalade les murailles mal def-
fendues : on entre l'épée à la
main dans Bactres , on met le
feu aux Palais , aux Temples ,
aux maifons des particuliers , &
le foldat victorieux s'enyvre de
carnage & de fang. Le Roi O-
xyar¬es eft tué lui même les armes à la main , & laiffe en mou-
rant fa Capitale & fon Empire
à l'heureux Ninus , qui y trouva
des richeffes immenfes.

Semiramis, après cette expédition, revint modestement trouver son époux & lui faire part de ses lauriers. Ninus voulut voir l'Héroïne à qui il étoit redevable de son triomphe.

Elle est présentée à Ninus.

Toute l'armée, surprise d'admiration, resta en silence en la voyant passer ; elle parut devant le Roi avec son habit encore teint du sang des ennemis, elle étoit belle comme l'Amour & ressembloit à une Divinité guerriere. Ninus la combla de présens ; il fut étonné de son courage & de son génie, mais il fut encore plus frappé de ses charmes. Quelques jours après l'ayant mandé dans le Palais

qu'il occupoit, il lui découvrit
les sentimens d'estime & d'a-
mour qu'il avoit conçûs pour
elle ; il lui offrit son cœur & sa
main : Semiramis étoit attachée
à son époux, mais Ninus étoit
jeune, il étoit environné de
gloire, il étoit Roi, quelle
femme refuseroit de monter au
trône ? Elle assura le Prince de
sa soumission à ses ordres. Ninus à l'instant fit proposer à
Mennon de la lui céder, lui
accordant en échange sa fille,
nommée Sosanna avec les gou-
vernemens & les richesses qu'il
demanderoit. L'amour ne con-
noît ni la complaisance ni l'inté-
rêt ; Mennon adoroit son épouse,

Ninus la
fait deman-
der à Men-
non.

En vain voulut-il répréfenter
fes fervices, fon rang, l'injuf-
tice qu'on lui faifoit ; on lui fit
connoître très férieufement qu'il
n'étoit qu'un fujet, & que Ninus étoit maître abfolu. Il le
fentit, & ne pouvant furvivre Mennon fé
à ce qu'il appelloit fon malheur, tue.
il eut la foibleffe de s'arracher Semiramis
vie. époufe Ni-
nus.

Semiramis, après les jours
de deüil ufités, époufa publi-
quement Ninus, & fut couron- Mort de
née Reine d'Affyrie. Ninus ne Ninus.
jouit pas long-tems du bonheur de la poffédeг ; il mourut
regretté de fes fujets, pleuré
de fon époufe, de qui il avoit
eu un fils nommé Ninias, qui

venoit à peine de naître. Le peuple imbecile qui ne croit pas qu'un Monarque puiſſe mourir naturellement comme les autres hommes, s'imagina qu'il avoit été empoiſonné. Semiramis, ſelon les dernieres volontés du Roi fut déclarée tutrice de ſon fils & Régente du Royaume. Son premier ſoin, après avoir fait reconnoître ſon autorité, fut d'élever un ſuperbe tombeau à ſon époux. Ce Mauſo- lée étoit ſi haut, qu'on l'apper- cevoit de très loin du côté de l'Euphrate, & qu'il paroiſſoit comme une puiſſante forte- reſſe.

Semiramis en paix avec tous

Se n n's commence à regner.

Tombe u de Ninus.

ſes voiſins, ſavoit qu'un peuple
auſſi nombreux que le ſien ne
pouvoit être tranquille s'il n'é-
toit occupé. Pour ſa ſureté &
ſa gloire, elle réſolut de bâtir
une Ville qui égalât toutes cel-
les que ſes prédéceſſeurs avoient
fordées. Elle choiſit l'endroit Semiramis
où autrefois Nemrod en avoit fonde Ba-
commencé une : elle n'en vou- byloue.
lut pas même changer le nom,
& lui continua celui de Babylone. Elle appella de tout ſon
Royaume les plus habiles Ar-
chitectes, fit aſſembler une
grande quantité de matérïaux,
& deſtina à ces ouvrages deux
millions d'hommes. L'Euphrate ſe trouva au milieu de ſon

plan , ayant le Tigre à ſa gauche. * Elle fit faire un mur de 360 ſtades , ** flanqué de tours

Murs d. Babylone. de diſtance en diſtance. Son épaiſſeur étoit telle que ſix chariots de front pouvoient courir ſur ſa ſurface ; ſa hauteur étoit à proportion. A quelque eſpace

Murailles de ce mur s'élevoient de hautes murailles bâties de briques liées avec de la paille & du bithume. Leur hauteur étoit de cinquante coudées , & leur largeur capable

---

* Babylone occupoit tout l'eſpace qui ſe trouve entre le Tigre & l'Euphrate en largeur : ces deux fleuves tirent leurs ſources des Monts d'Arménie , ſe joignent enſemble à vingt lieues du Golfe Perſique , où ils ſe perdent.

** La ſtade contenoit ſuivant quelques-uns un demi quart de lieue.

de contenir deux chariots de
front, elles étoient flanquées de
deux cens cinquante tours. Il y
avoit de tous côtés entre les murailles & les premieres maifons
de la Ville plufieurs arpens de
terre labourable. Pour hâter l'é-
xécution de fon entreprife, la
Reine avoit donné à chacun de
fes principaux Courtifans une
ftade de muraille à finir en leur
fourniffant les ouvriers & les   Pont fur le
matériaux. Elle voulut elle-   fleuve.
même préfider au Pont qu'elle
élevoit fur l'Euphrate ; il avoit
cinq ftades de long. * Les Ar-

* Les Hiftoriens fe trompent ici , car
le fleuve n'avoit qu'une demie ftade de
largeur.

ches en étoient d'une hardieſſe
étonnante. Aux deux extrémi-
tés du Pont on conſtruiſit deux
ſuperbes Palais , de deſſus leſ-
quels il étoit facile de décou-
vrir toute la Ville. L'un de ces
Palais étoit au Levant , l'autre
au couchant. Celui qui étoit au
couchant étoit entourré de murailles de briques trés-hautes.
En dedans on trouvoit un ſe-
cond mur , dont l'enceinte
étoit parfaitement ronde. On y
avoit repréſenté en relief des
animaux de différentes eſpéces ,
auxquels on avoit donné leurs
couleurs naturelles. Enfin , on
rencontroit un troiſiéme mur
qui ſervoit d'enceinte à la citadelle.

Palais.

delle. Sur ee mur, on avoit auffi repréfenté une Chaffe pleine
de bêtes fauvages : Semiramis
paroiffoit à cheval, perçant un
Tygre & auprès d'elle Ninus
qui renverfoit un Lyon d'un
coup de lance. Ce Palais avoit
trois portes d'Erain. Celui qui
étoit au-devant étoit bien infe-
rieur à l'autre ; il n'avoit qu'une
muraille de brique cuite. Là,
étoit la ftatue de Belus, celle de
Ninus & de Semiramis. On a-
voit auffi conftruit fous le fleuve une galerie large de quinze
pieds, & haute de douze, qui
communiquoit aux deux Palais :
les voutes en étoient fi bien cou-
vertes, que les eaux ne les pou-

C

voient endommager ; elle étoit fermée avec des Portes d'Airain. Le dernier Ouvrage de Semiramis fut le Temple de Belus au milieu de la Villn. Pendant son regne elle fit son principal devoir d'honorer les Dieux, de leur faire des Sacrifices, d'implorer leur secours ; mais jamais elle ne se servit de leurs Prêtres pour gouverner.

Temple de Belus.

Ce Temple étoit d'une vaste étendue & d'une hauteur prodigieuse. Là se réunissoient ces Astronômes si vantés dans l'antiquité, avec lesquels la Reine prenoit un plaisir singulier à s'entretenir.

Statues extraordinaires.

Elle plaça sur le haut du Tem-

ple trois ſtatues d'or maſſif; celle de Jupiter, de Junon & de
Rhéa.

Jupiter étoit dans l'attitude
homme qui marche, il avoit
quarante pieds de haut, & étoit
du poids de mille talens Babylo-
niens. * Rhéa étoit dans un char
d'or, & du même poids. Elle
avoit à ſes genoux deux Lyons,
& à côté d'elle, deux Serpens
d'argent, du poids de trente talens. Junon qui étoit de bout &
du poids de huit cens talens,
avoit à la main droite un Ser-

* Le talent Babylonien valloit
7000 dragmes attiques & le talent
attique 6000.

pent qu'elle tenoit par la tête ,
& à la main gauche, un Septre
chargé de pierreries. Il y avoit
devant ces trois Divinités, une
table d'or , longue de quarante
pieds , large de quinze & du
poids de cinq cens talens. Sur
cette table étoient posées deux
urnes du poids de trente talens
chacune , & deux cassolettes ,
chacune de trois cens. Il y avoit
aussi trois grandes couppes. Celle qui étoit aux pieds de Jupiter
pesoit douze cens talens , & les
deux autres , chacune six cens :
Richesses immenses & qui mon-
tent à peu près à deux cens vingt
millions, cinq cens mille livres
de notre monnoye.

Tout le monde parle des jardins de Semiramis ; il est bien singulier que cette Reine soit si renommée pour un ouvrage que tous les Historiens conviennent avoir été élevé plusieurs siecles après par un Roi d'Assyrie nommé Cyrus. * Cependant elle pouvoit bien les avoir commencés , & ils font bien dignes d'elle. Quoiqu'il en soit , voici à peu près ce que les anciens en ont rapporté.

Il y avoit à Babylone quatre jardins les uns sur les autres ,

Sardis de Semiramis.

* On dit aussi qu'ils furent construits pour une Reine qui avoit été élevé en Médie.

chacun d'eux étoit quarré, &
contenoit quatre arpens de terre. Ils étoient élevés fur des co-
lonnes & rangés en amphitéâ-
tre. Ces colomnes foutenoient
des voûtes de pierre fur lefquel-
es on avoit apporté une grande
quantité de terre, de façon que
les arbres les plus grands y croif-
foient en abondance & produi-
foient des fruits délicieux. On
avoit pratiqué dans plufieurs
colomnes des conduits fecrets
par lefquels on faifoit monter,
avec des machines les eaux de
l'Euphrate qui arrofoient en
tout tems cet endroit merveil-
leux.

Semiramis attentive au bien

de sa Capitale, s'appliqua à entretenir un commerce avec la Médie, la Paratacene & les autres endroits voisins qui sont sur les bords du Tygre & de l'Euphrate. Elle rendit la navigation de ces deux fleuves sure & commode, animant par des priviliges & des honneurs ceux qui s'appliquoient à procurer des commodités & l'abondance à leur patrie.

Ayant fait couper dans les montagnes d'Arménie une pierre de cent trente pieds de longueur & de vingt-cinq de largeur & d'épaisseur ; elle la fit transporter avec des frais & des peines extraordinaires jusqu'au

Obelisque de Semiramis.

bords de l'Euphrate. On la tailla en forme d'éguille & on la plaça fur le grand chemin à une lieue de Babylon e. Ce monument a été mis au nombre des merveilles du monde fous le nom de L'Obelisque de Semiramis.

Pendant qu'elle travailloit ainfi à contribuer au bonheur de fes fujets, il s'en trouva qui fe fouleverent contre fon autorité;

Révolte contre fon autorité.

tant il eft vrai que fervir un peuple entier, c'eft prefque toujours fervir des ingrats : Semiramis aimoit extrêmement la parure & elle avoit foin de fon exterieur comme fi l'art lui eût été néceffaire pour plaire; elle étoit à fa toilette lorfqu'on lui annon-

ça que des mutins en armes s'a-
vançoient vers son Palais. Elle
se leva aussi-tôt à demi coëfée &
jura de rester en cet état jusqu'à
ce qu'elle eût fait rentrer le peuple dans son devoir. Elle sortit
donc à la tête de ses Gardes : sa
présence seule imprima la soumission : elle fit arrêter les Chefs
du trouble & convaincue que
quiconque s'est une fois révol-
té, est toujours rebel dans le
cœur, elle fit à l'instant attacher
eu croix dix des plus coupables.
On lui dressa une statue de bron-
ze dans la principale place : elle
étoit représentée à moitié coëfée ; l'air menaçant & le bras
étendu comme pour ordonner

Statue
dressée.

le supplice des Criminels.

Guerre ntre les Médes. Des Peuples voisins & puis-
fans ne peuvent vivre long-tems
en bonne intelligence. La guerre s'alluma entre les Assiriens &
les Medes. Semiramis assembla
une Armée & s'avança vers la
Medie. Arrivée au pied d'une
montagne consacrée à Jupiter,
nommée Bagistan, elle y cam-
pa. On unit par son ordre un
des côtés de cette montagne par
le bas & on y tailla sa figure de
grandeur Colossale accompa-
gnée de neuf cens Gardes, &
au-dessous une inscription Sy-
rienne qui signifioit que Semiramis étoit montée jusque sur le
sommet offrir un sacrifice au
Maître des Dieux.

Continuant ſa route elle arri-va près de Chaone Ville de Me-die endroit délicieux ; elle y fit conſtruire de petites maiſons de plaiſirs , réſolue de s'y délaſ-ſer quelque tems de ſes fatigues journalieres. Là elle ſe livra à toute ſorte de voluptés. Preſque tous les grands Guerriers ont été extrêmement ſenſibles aux plai-ſirs. Jamais elle n'avoit voulu ſe remarier de peur de ſe donner un Maître : jamais elle n'eût de complaiſance pour aucun de ſes ſes Courtiſans , parce qu'elle vouloit être reſpectée ; mais el-choiſiſſoit les plus beaux hom-mes de ſes Armées, ſe com-muniquoit familierement à eux

Semira-mis ſe li-vre aux plaiſirs.

ſes dé-bauches.

en secret faisant perir sans pitié ceux qui étoient indiscrets.

Ses conquêtes.

Des plaines de Chaone elie s'avança vers Ecbatane, s'en rendit Maîtresse. Cette Ville lui plut infiniment, elle y fit construire un Palais pour elle, & conduisit par des aqueducs d'une grandeur & d'une longueur étonnante de l'eau d'un Lac voisin jusqu'au milieu de la Ville qui auparavant n'avoit que celle des Citernes.

Elle consulte l'Oracle de Jupiter Ammon.

Après avoir subjugué l'Egypte, la Perse, la Medie & une partie de la Libie, elle envoya au Temple de Jupiter Ammon & consulta l'Oracle sur le tems de sa mort. Il lui fut répondu qu'elle qu'elle cesseroit de vivre & qu'elle commenceroit à recevoir les honneurs divins lorsque son fils lui tendroit des embuches. C'est la premiere fois qu'un Oracle ait parlé si clairement. Sans doute que Semiramis le lui avoit ainsi ordonné. De la Lybie elle passa chez les Etiopiens & les vainquit, y ayant fait quelque séjour elle examina scrupuleusement leurs mœurs, leurs loix, qui passoient pour être très sages; curieuse de tout ce qui peut instruire & augmenter les connoissances, elle ne négligea pas même les curiosités du Pays q i sont en grand nombre comme

Elle passe en Etiopie.

D

les lacs, les riviéres, les différentes productions de la terre,
& les animaux : Elle reprit en-
suite le chemin de l'Asie & revint à Bactre, qui étoit comme le centre de ses conquêtes ;
Là ayant assemblé son Conseil
elle déclara que pour mettre enfin des limites à son empire, elle avoit résolu de conquérir l'Inde, & d'en faire sa derniere expédition. Depuis plusieurs années, un de ses plus habiles Généraux, avoit été envoyé secré-
tement pour en lever un plan
exact, en connoître la force
les ressources, & les endroits les
plus faciles pour y pénétrer.

L'Inde l'emporte en beauté

Elle re-
tourne à
Bactre.

Descrip-
tion de
l'Inde.

fur tout les pays de l'univers ; elle eft arrofée par différens fleuves, & la terre fournit chaque année double récolte à fes habitans. Jamais la Pefte ni la Famine, n'ont approché de ces heureux climats. Elle renferme dans fon fein, des mines d'or & d'argent, & des pierreries; en un mot ce qui peut contribuer à la richeffe des Peuples, & à leurs plaifirs. Stratobates y régnoit alors. Comme cette guerre devoit être très-confidérable, Semiramis employa trois ans à ramaffer lélite des jeunes gens de fes Provinces, elle ordonna qu'ils fuffent bien équipés d'habits & d'armes, & affigna le

Elle fe prépare à la guerre.

rendez-vous général dans les Plaines de Bactres. Comme ses Etats étoient séparés de l'Inde par le fleuve Indus qui est extrémement large & profond, elle voulut avoir une grande quantité de bateaux pour le passer. On ne trouve point de forêts en deça du fleuve, ainsi la Reine fit venir de la Phéni-

Elle fait construire des bateaux portatifs.

cie, de l'Isle de Chypre, & de toutes les côtes de la mer d'excellens ouvriers qui construisirent deux mille bateaux qui pouvoient se démonter, & que l'on transportoit aisément sur des chameaux. Semiramis savoit que Stratobates lui étoit inférieur en hommes, mais qu'il avoit l'avantage fur elle par le nombre des Elephans. Pour y fuppléer elle imagina une ref- fource affez finguliere, & qui lui réuffit d'abord. Elle fit donc tuer environ 30000. bœufs noirs ; des ouvriers choifis ren- fermez dans un endroit d'où ils ne pouvoient fortir , joignirent enfemble plufieurs cuirs de ces animaux qu'ils remplirent de paille , & leur donnerent une figure qui reffembloit par- faitement à de véritables Ele- phans. Ces phantômes furent mis fur des chamaux avec cha- cun un homme dreffé à les faire mouvoir.

Elle in- vante de faux élé- phans.

Cependant l'Armée s'étoit

D ij

raffemblée , Semiramis en fit la revue générale. Elle montoit à trois millions d'hommes d'Infanterie , à cinq cens mille de Cavalerie , & à dix mille Chariots de guerre, outre cent mille foldats d'élite montez fur des chameaux & armez de lances. * Les deux mille barbarques dont nous avons parlé & les faux Elephans en même nombre fuivoient l'Armée. Semiramis d'un feul coup d'œil imprimoit le mouvement qu'elle vouloit à ce grand corps. *

Le Roy de l'Inde de fon côté

* Ce nombre paroît un peu exageré ; nous ne fommes pas fûrs de la façon de nombrer des Anciers , une lettre de plus chez les Grecs , comme un zero chez nous, fait fouvent des comptes extraordinaires.

faifoit les préparatifs néceffaires
pour bien recevoir les ennemis.
Son Armée n'étoit pas beau-
coup inférieur à celle des Affiriens , & il avoit raffemblé
une multitude d'Elephans armez de façon que leur feul af-
pect infpiroit la terreur. Il envoya des Ambaffadeurs à semiramis pour lui repréfenter qu'il
ne l'avoit jamais offenfée , qu'elle lui déclaroit une guerre injuf-
te ; il lui offrit une paix durable
& lui demanda fon amitié. Prince véritablement digne de ré-
gner , & qui fe croyant le Pere
de fes fujets eftimoit trop leur
fang pour l'expofer , fans y être
forcé par la néceffité de fe def-

fendre. Les Ambaſſadeurs re-
vinrent avec une réponſe peu
moderée. Stratobates en ren-
voya d'autres, il fit reprocher à
Semiramis ſon orgueil & ſa fole
ambition, il ne la ménagea
pas même ſur le peu d'exacti-
tude de ſes mœurs & finit par la
ménacer de la faire mettre en
croix ſi les Dieux lui donnoient
la victoire. Semiramis pour réponſe fit marcher ſon Armée
vers l'Indus. On dreſſe les bateaux, on les lie enſemble, &
la tête des troupes commence le
paſſage. Les Indiens avoient
auſſi jetté quatre mille barques
ſur le fleuve qu'ils avoient rem-
plies de ſoldats. On ſe mêla de

Semira
mis mar
che vers
l'Iudus.

part & d'autre ; le Roi animant les Indiens, la Reine preſſant les Aſſyriens ; les uns combat-tans pour la gloire, les autres pour leur patrie, & tous avec une égale fureur & un même déſir de triompher. En un mo-ment le fleuve fut couvert de corps morts, & ſes ondes tein-tes de ſang. Semiramis mode-rée & tranquille dans les con-ſeils étoit un lion dans l'exécu-tion ; elle fit un dernier effort, tout plia devant elle, elle coula àfonds mille barques Indiennes, paſſa le fleuve, pourſuivit les fuyards, & fit cent mille pri-ſonniers.

Stratobates ſe retira dans l'in-

Combat naval ſur le Fleuve.

Semira-mis eſt vic-torieuſe.

férieur de fon royaume pour rallier fes troupes & y attirer l'ennemi. Semiramis fit paffer l'Indus à fon armée & ayant laiffé foixante mille hommes à la garde des ponts elle s'avança dans le Pays. Tout fuyoit en fa préfence. Les Indiens inftruits du nombre d'Elephans qui fuivoit la Reine ne pouvoient concevoir ce prodige & étoient faifis d'épouvante. Mais le fecret fut trahi & la fraude découverte; Stratobates reprit courage & quelque tems après il revint à la charge & préfenta la bataille aux Affiriens dans une plaine d'une étendue immenfe. Quel fpectacle majeftueux & terrible que

Elle pénétre dans l'Inde.

Les Indiens reviennent à la charge.

plus de quatre millions de com-
battans (si l'histoire n'exagere
pas.) Qui les armes à la main
s'avançoient en bon ordre les
uns contre les autres. Pourquoi
les hommes ne paroissent-ils jamais si grands que lorsqu'ils vont
se détruire ? Le combat s'enga-
gea dès le lever de l'Aurore.
Stratobates avoit en tête de son
armée sa Cavalerie & ses chariots. Semiramis fit avancer ses
faux Elephans qu'on pouvoit
à peine reconnoître à cause de
la poussiére & donna ordre à ses
chariots de les dèsavancer à toute bride. Les Chevaux Indiens
mêlez avec les chameaux & les
faux Elephans furent effrayez de

Le com-
bat se li-
vre.

ces figures qui leur étoient inconnues & ne pouvant fupporter leur odeur ils fe jetterent les uns fur les autres & précipiterent leurs Cavaliers. Semiramis profita du défordre. Elle fe fait jour au travers des fuyards avec fes efcadrons délite fait main baffe fur tout ce qu'elle rencontre & met la cavalerie ennemie en déroute : Auffi-tôt elle revint au centre de fon armée compofée de fon Infanterie la met en mouvement & vint tomber fur l'aîle droite ennemie où commendoit le Roi : On marchoit auffi à elle. L'Infanterie Indienne précédée de fes terribles Elephans étoit déja à la por-

Semiramis à l'avantage.

portée du Javelot. Ce ne fut pas un combat mais un carnage. Le défefpoir la fureur & la mort couroient de rang en rang, & la terre étoit innondée de fang. Les vrais Elephans animés par les bleffures qu'ils recevoient tomberent fur les faux Elephans, fur les Chameaux fur les foldats, écrafant les uns fous leurs pieds, déchirans les autres avec leurs dents & les enlevans en l'air avec leurs trompes : Stratobates monté fur le plus beau & le plus terrible échauffoit le carnage. Il apperçut Semiramis qui ralliant fon Infanterie faifoit des efforts incroyables & qui reffembloit à Bellone. La

Elle eft repouffée.

E

Elle est blessé. fureur le faisit il marche droit à elle, l'atteint & lui lance un javelot qui la bleffe au bras : La Reine le reconnut, elle pouffe fon cheval au travers des monceaux de corps morts, s'élance fur lui l'Epée à la main, frappe l'Elephant qui le portoit ; le Roi lui lance un fecond javelot & elle reçoit une terrible bleffure : fon cheval eft tué à l'inftant, elle tombe avec lui & roule dans le fang & la pouffiere. Bien-tôt elle fe reléve fe faifit d'un autre cheval & retourne fur fon ennemi avec plus d'impétuofités. mais elle eft accablée par le nombre. Envain fait-elle des prodiges, fes forces diminuent, &

ceux qui combattent auprès d'el-
le font prefque tous égorgez : elle eft obligée de prendre la fuite & en un inftant elle a re-
gagné le pont ; que fon armée avoit prefque déja paffé ; elle le fait rompre & fe range en bataille fur l'autre rive ; malheu-
reufe en cette occafion, mais plus grande après fa défaite & plus glorieufe que dans le cours rapide de fes victoires. Les Indiens ne jugerent pas à propos de l'attaquer. Stratobates con-
tent d'avoir fauvé fon pays & craignant la capacité de Semi-
ramis encore plus que fa valeur répandit le bruit que l'oracle lui deffendoit de paffer le fleuve In-

Elle fe re-
tire.

E ij

ďus. On fit l'échange des pri-
fonniers dans les plaines de Bac-
tré & les deux partis fe promi-
rent une amitié durable.

SEMIRAMIS fatiguée

Elle re-
to.irne à
Babylô.ie,
de la guerre & dégoutée de la
folie des conquêtes, par ce re-
vers regagna fa capitale, ayant
perdu les trois quarts de fon armée dans fes expeditions. Elle
y fut reçue avec tranfport; elle
y rapportoit une grande répu-
tation & la paix; tout le peuple
étoit perfuadé qu'elle ne fon-
geoit qu'à faire le bonheur de
fes fujets.

Elle veut
renoncer :
l'empi.e.
Les fatigues qu'elle avoit ef-
fuyées depuis plus de quarante
ans, les bleffures qu'elle avoit

reçues en différens combats a-
voient confidérablement altéré
fa fanté. Après avoir mis la der-
niére main à fes établiffemens &
avoir tout difpofé pour la retraite elle fe préparoit à defcendre
du trône pour finir tranquille-
ment fes jours , lorfqu'elle y fut
déterminée totalement, par une
confpiration qui fe forma contre fon autorité : Rien n'eft durable parmi les hommes & à un
certain âge il femble que la for-
tune nous abandonne. Ninias
ne reffembloit en rien ni à Ninus ni à Semiramis. Pourquoi
les enfans des Héros imitent- ils
fi rarement leurs peres ? Efprit
foible, genie borné & fans élé-

Confpi-
ration con-
tre Semira-
mis.

Caractè-
re de Ni
nias.

E iij

vation, se plaisant dans l'obscu-
rité & redoutant le grand jour,
plongé dans la débauche il pas-
soit sa vie avec des femmes au
fonds de son Palais. Jamais son
ame vîle n'avoit même pensé au
grand plaisir d'être le maître ab-
solu d'un peuple redoutable.
Un de ses Courtisans ambitieux
mais peu sage essaya de lui ins-
pirer des sentimens, & lui per-
suada enfin de s'emparer du
trône d'Assirie qui lui apparte-
noit. Ninias y consentit & laissa
à celui qui l'avoit proposé le soin
de l'exécution. La plupart de
ceux qui entrerent dans ce com-
plot étoient des esprits inquiêts
& avides de nouveautés, des

gens fans mérite qui efpéroient obtenir d'un Prince imbécile ce qu'une Reine fage leur avoit conftamment refufé ; des Courtifans difgraciés , des Seigneurs fans tête , quelques Vieillards trompez , tous enfin des imprudens & des ingrats. L'intrigue fut mal conduite; Semiramis en fut imformée. Elle manda dans fon Palais fous un prétexte raifonnable , les Chefs des mécontens. Rappellant alors toute fa grandeur & fierté , elle leur parla en Reine , mais en Reine qui avoit fait trembler toute la terre ; Elle les traita avec la dureté & la rigueur qu'ils méritoient, leur reprochant leur ingratitude

& leur hardiesse. Les voyant tombez à ses pieds & le visage prosterné dans la poussiére, tremblants dans l'attente prochaine du supplice ; Elle prit un air de bonté, les fit reléver, & leur pardonna. Le jour suivant ayant indiqué une assemblée dans le Temple de Belus elle y invita le Grand Prêtre & tous les Ministres des Dieux, les Seigneurs de la Cour & les Chefs du Peuple, ainsi que les Généraux des Armées ; après avoir offert un Ecatombe elle monta sur un trône qu'on avoit élévé & de là en s'adressant à l'assemblée elle exposa ce qu'elle avoit fait pour le salut de l'é-

Semiramis pardonne aux conjurez.

Elle se démet de la Royauté.

tat pour la gloire & le bonheur
du peuple ; elle repréſenta que
ſon âge ne lui permettoit plus de
continuer à gouverner & qu'elle s'eſtimeroit heureuſe de finir
ſes jours dans la paix & la tran-
quillité : qu'elle étoit réſolue de
remettre l'empire à ſon fils, qui
avec la protection des Dieux &
les bons conſeils de l'aſſemblée,
gouverneroit en grand Monarque. Alors parut Ninias, ou
Zéoneis : Semiramis s'avança
au devant de lui lui poſa la Couronne ſur la tête & lui remit entre les mains le Septre & les autres marques de la puiſſance ; ſe
proſternant à ſes pieds elle le ſa-
lua comme Roi. Tous les aſſi-

Elle remet
Sceptre
à ſon Fils.

ſtans fondoient en larmes & chacun diſoit que perſonne n'avoit
ſi long-tems & ſi glorieuſement
porté la Couronne & que Semiramis étoit encore plus grande en deſcendant volontaire-
ment du Thrône que lors qu'elle y avoit brillé dans la plus
haute ſplendeur.

Sa retrai-
te.

Ninias par ſon gouverne-
ment cruel & inſenſé fit bien-
tôt regretter celui de Semiramis ; elle s'étoit retirée dans un
Palais éloigné de cent ſtades de Babilône, bien aſſûrée
d'emporter avec elle toute ſa
gloire, & que la poſtérité ne
lui reprocheroit jamais d'avoir
Sa mort. trop veçu. Elle finit peu de tems

après ses jours, dans l'espéran-
ce d'être mise au nombre des
divinités, comme l'oracle de Jupiter Ammon le lui avoit pré-
dit. En effet elle fut adorée dans
la Syrie sous le nom d'Atosta,
& la figure d'une Colombe. Elle avoit au moins 62 ans quand
elle abdiqua la Régence & elle
en avoit régné 42. depuis la
mort de Ninus.

Elle est a-
dorée des
Assiriens.

Quelques Ecrivains qui ne
mérittent aucune créance, ont
inventé que Semiramis ressem-
blant parfaitement à son fils Ninias avoit régné sous son nom.

D'autres racontent que comme elle avoit un empire abso-
lu sur l'esprit de Ninus, elle avoit

obtenu de lui, la permiſſion de régnercinq jours, & que pendant cette eſpace, elle avoit fait périr ſon Epoux & s'étoit fait déclarer Reine.

D'autres enfin ont imaginé que cette Princeſſe étoit devenue amoureuſe de ſon propre fils, & que Ninias l'avoit fait périr. Conte ridicule & qui eſt démenti par tous les bons Hiſtoriens qui diſent qu'elle a fini ſes jours dans la retraite après avoir abdiqué la Couronne.

Eſt-il vraiſemblable qu'une Reine âgée de 62 ans, ſoit devenue amoureuſe de ſon fils qui en avoit au moins 42. Cependant Ovide l'aſſûre. * Mais les
Poetes

Poetes font fans conféquence en matiére d'hiftoire , on leur paffe tout lors qu'ils ont le bonheur d'amufer .

* Qualiter in Chalamos formofa Semel çamis iffe
Dicitur & Laïs multis amata procis,
Ov. de arte amand,
Lib.

FIN.